Como é que se diz?

callis

© 2020 do texto por Lawrence Schimel
© 2020 das ilustrações por Thiago Lopes
Callis Editora Ltda.
Todos os direitos reservados.
1ª edição, 2021

TEXTO ADEQUADO ÀS REGRAS DO NOVO ACORDO ORTOGRÁFICO DA LÍNGUA PORTUGUESA

Coordenação editorial: Miriam Gabbai
Editor assistente e revisão: Ricardo N. Barreiros
Projeto gráfico e diagramação: Thiago Lopes e Thiago Nieri

Dados Internacionais de Catalogação na Publicação (CIP)
Angélica Ilacqua CRB-8/7057

Schimel, Lawrence
    Como é que se diz? / Lawrence Schimel ; ilustrações de Thiago Lopes ;
tradução de Raquel Parrine. -- São Paulo : Callis, 2021.
    32 p. : il., color.

    ISBN 978-65-5596-038-9
    Título original: *¿Como se dice?*

    1. Literatura infantojuvenil 2. Boas maneiras - Literatura infantojuvenil
I. Título II. Lopes, Thiago III. Parrine, Raquel

21-0910   CDD: 028.5

Índices para catálogo sistemático:
1. Literatura infantojuvenil 028.5

ISBN 978-65-5596-038-9

Impresso no Brasil

2021
Callis Editora Ltda.
Rua Oscar Freire, 379, 6º andar · 01426-001 · São Paulo · SP
Tel.: (11) 3068-5600 · Fax: (11) 3088-3133
www.callis.com.br · vendas@callis.com.br

Lawrence Schimel Thiago Lopes

Como é que se diz?

TRADUÇÃO: RAQUEL PARRINE

callis

COMO É QUE SE DIZ QUANDO VOCÊ VAI A UMA CONFEITARIA E TE DÃO UM BISCOITO PARA PROVAR?

E QUANDO VOCÊ QUER QUE ALGUÉM PEGUE UM LIVRO DE UMA ESTANTE QUE AINDA NÃO ALCANÇA, COMO É QUE SE DIZ?

SE VOCÊ FOR PEDIR LICENÇA AO REI PARA BRINCAR NO LABIRINTO DO CASTELO, COMO É QUE SE DIZ?

QUANDO SEUS AVÓS TE TRAZEM UM PRESENTE DA VIAGEM DELES PARA O EGITO, COMO É QUE SE DIZ?

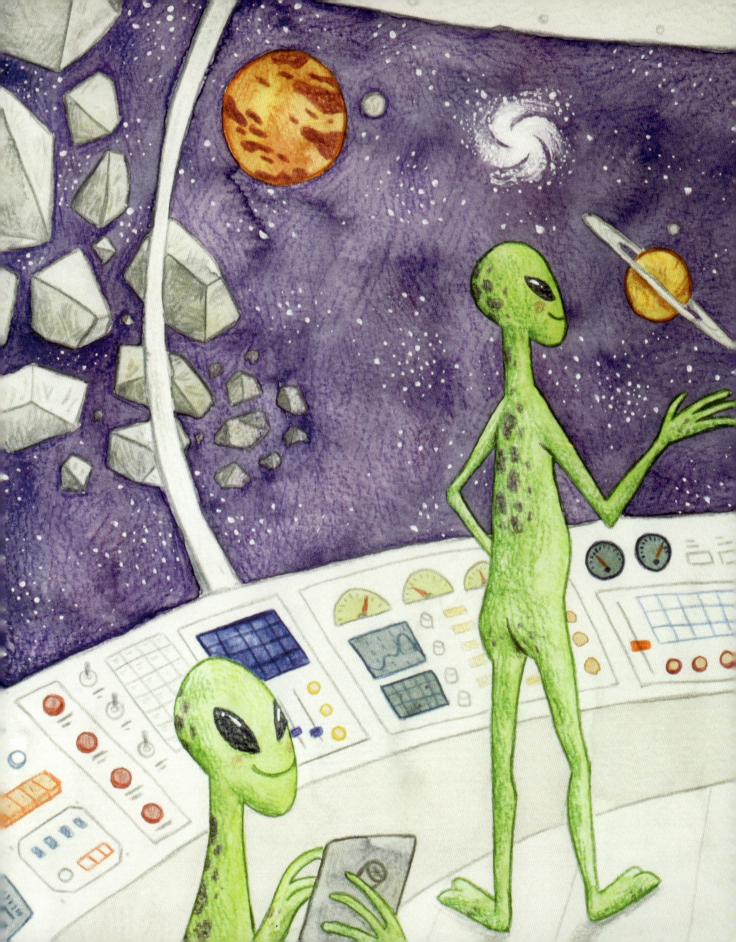

QUANDO VOCÊ QUER SAIR PARA BRINCAR COM SEU AMIGO, O ROBÔ, COMO É QUE SE DIZ?

QUANDO VOCÊ QUER QUE TE LEIAM UM LIVRO ANTES DE DORMIR, COMO É QUE SE DIZ?

E QUANDO JÁ LERAM PARA VOCÊ O SEU LIVRO FAVORITO, COMO É QUE SE DIZ?

COMO ASSIM, "LÊ OUTRA VEZ"?
ESTÁ BEM, MAS ANTES...

COMO É QUE SE DIZ?

O AUTOR
LAWRENCE SCHIMEL

Lawrence Schimel nasceu em Nova York, em 1971. Ele escreve em espanhol e inglês e já publicou mais de 120 livros como autor ou antologista nos mais variados gêneros, como ficção, poesia, romances gráficos e contos infantis. Entre os seus muitos livros para crianças temos: "Quer ler um livro comigo?", "Um presente para mamãe", "Tudo igual", "Cecília e o dragão" e "Igual a eles".

Lawrence é ganhador dos prêmios Crystal Kite (Society of Children's Book Writers and Illustrators) e White Raven (International Youth Library), foi escolhido duas vezes para o IBBY's Outstanding Books for Young People with Disabilities, entre muitas outras honrarias e prêmios.

Ele mora em Madri, na Espanha, onde, além de escrever, é tradutor literário.

O ILUSTRADOR
THIAGO LOPES

Nasceu em 1987, em São Paulo, onde vive, trabalha e cursa pós-graduação em design editorial pelo SENAC. Formou-se em design gráfico pela Faculdade Belas Artes de São Paulo em 2009, com pesquisas realizadas na área de ilustração infantil e design gráfico.

Inaugurou sua carreira como ilustrador em 2010, com o lançamento do livro "Junta, Separa e Guarda", da autora Vera Lúcia Dias, publicado pela Callis Editora. O jovem ilustrador aprendeu desde cedo a comunicar-se por meio da imagem e se dedicou ao universo infantojuvenil com ilustrações cativantes, divertidas e delicadas.

Atualmente é sócio do estúdio Kiwi, onde desenvolve ilustrações e projetos gráficos para clientes como SESC, PNUD, Santander, Editora Moderna, FTD, Salamandra, Callis, Brinquebook, entre outros.

Este livro foi impresso, em primeira edição,
em março de 2021, em couché 130 g/m^2,
com capa em cartão 250 g/m^2.